Takase Souseki Senryu collection

川柳作家ベストコレクション

髙瀬霜石

楽しいに決まっているさ曲がり角

The Senryu Magazine
200th Anniversary Special Edition
A best of selection
from 200 Senryu writers' works

新葉館出版

期待に違わず、
しかし、予想を裏切る——
そんな句を作っていきたい

柳《りゅう》言《げん》

川柳作家ベストコレクション

高瀬霜石

■目次

柳言――Ryugen 3

第一章 ヘルプ（Help） 7

第二章 ア・デイ・イン・ザ・ライフ（A Day In The Life） 49

あとがき 91

川柳作家ベストコレクション

髙瀬霜石

第一章　ヘルプ（Help）

ニッポンの朝よテレフォン・ショッピング

暗算ができなくなった消費税

未来永劫上がり続ける消費税

全国津々浦々――活断層

カタカナで書くと悲しくなる地名

地震には負けない地震国である

ときどきは逆さまに貼る世界地図

戦争のゲームはめっちゃ面白い

グー・チョキ・パー地雷と銃とミサイルと

1パーセントの亡者に牛耳られている

人口爆発　戦争せんとあかんやろ

とりあえずパッチワークでいい平和

ツイッターだとさプライバシーだとさ

世界平和それより家庭内平和

ピピピピピ一億電波依存症

正義ってやつはどうにも手に負えぬ

少子化や大人になってないオトナ

イジメなら有罪　意地悪なら無罪

判決の軽さ毎度のことである

団塊世代改め前期高齢者

ホームページはご覧になれませんワタシ

知っている人がいっぱい出る選挙

規制してますかな規制委員会

選挙する度にこの国劣化する

宇宙葬なんてやめてと星が言う
スターウォーズ未来も戦し続ける
あっちから見ればこっちがエイリアン

銃持てばきっと発砲したくなる

CO_2自縄自縛と読むらしい

ややこしいことは膨張しつづける

所得番付がなくなりつまらない
目印になる店とうにつぶれてた
夢を売る話つい　つい　つい覗く

詐欺にあう人はけっこう持っている

文藝春秋アクセサリーにする詐欺師

くす玉が割れ悪人が勝ち残る

裏切りもスパイも自由　民主主義
石油もないが地雷もないぞ僕の島
九条に抵触してる桃太郎

お詫びしているとは思えないお詫び

たかが金されど金　イヤ　たかが金

壊れたんだよベルリンの壁だって

トーキョーは寒い　北国より寒い

地下鉄の下の地下鉄の下の地下鉄

絶景といえば絶景　過疎の村

若者の働く場所がない　緑

耳だけが大きくなってゆく弱者

ごめんなごめんなごめんな四捨五入

三百六十五日立つ交差点

着たい人着たくない人　ユニフォーム

ヒト科ヒトだから消せない罪がある

おとなしい顔をしているモンスター

一週間かけやって来る日曜日

税というおんぶお化けを背負っている

脳トレになるよ赤字の帳簿付け

どうしても大きい方を取る葛籠《ツヅラ》

百回が百回ぼくは少数派

はっけよい残った　煙草やめた奴

保険金満期いのちは半額に

カードなど持たぬ拙者は武士である

サバイバルレース　精子の時代から
わたしなら吉良に賄賂をおくります
会議費で落としたぼくのいちごパフェ

いい人の隣に悪い人がいる

人生はうまくいかないのだが　だが

左遷地じゃないさ別天地さホタル

カラオケのトリも立派なステイタス

清潔も過ぎると病気なのである

しとしとぴっちゃん父《チャン》はいまだに無職なり

電卓がぼくの寿命をはじき出す

昭和一桁立派な小骨持っている

闇ならば切り裂く沼ならば涸らす

ニッポンを支えるアニメ・キャラクター

この印籠が目に入らぬか視聴率

SMAPは長持ちしすぎましたねえ

リモコンのボタン　ボタンが多過ぎる

歓声と罵声は常にワンセット

アンケート調査の結果だぞ　ハハアー

とりあえず病気の話から入る

世渡りが下手　誰だってそうですよ

虫干しすれば善玉菌に変わるぼく

ペンペン草と呼んではいかんのだナズナ

遠くまで飛んだとしても竹トンボ

お辞儀してお辞儀してこの世を渡る

グリーン車に乗るとすぐ着く目的地
海へ行ったらまずはバカヤローと叫ぶ
魚河岸は楽しディズニーランドより

傾いていてもどうにかぼくでいる

シアワセがわかるフシアワセになれば

風呂・ビール　ようやくニュートラルになる

太宰治が親戚《オヤグ》(1)だったら困るなあ

胃も肺もとってもきれい田舎者《ジャイゴモノ》(2)

ジェスチャーが付けば通じる津軽弁

にんにくガリリりんごもガブリ　でも短命

君《オメ》(3)も我《ワ》もしょせん蟹カマボコだべさ

ねぷた(4)絵の中にご先祖さまがいる

おしぼりのような助言ができたなら
薄くなる頭見ながら髭を剃る
掌中の珠よ平々凡々よ

おしべとめしべりかとどうとくでならう

ある時は愛車　ある時は塒《ネグラ》

軽いわたしは浅いところで生きている

ギリギリのところに立っているヒント
ちいさな庭のちいさな四季のものがたり
包帯を巻いているのは味方です

判官贔屓ぼくに優しい人ばかり

筋を通して鼻つまみ者でいる

笑顔には笑顔　苦虫にも笑顔

雪国の雪深し　人　ぞろり逝く
貧しさと質素は違う器です
思い出し笑い　わたしの保存食

下方修正・下方修正して暮れる

男には引き際クールミントガム

紐いっぽん引いて終わろう尊厳死

水すまし水の怖さを知っている
抱きしめて欲しいと言えぬ針ネズミ
生き残るためになまけるナマケモノ

弱肉強食　だけどこの世は面白い

りんご剥く円周率は忘れたが

地球を頼むと赤ちゃんの手を握る

第二章　ア・デイ・イン・ザ・ライフ(A Day In The Life)

1ページ目から土砂降りだったぼく

タケコプタードこでもドアが欲しい朝

おはようは妻より夏目三久に言う

筋肉のキの字もないが元気です

小児がんでした　よくまあ生きのびた

さあ今日も24時間使い切るぞ

まずはさてくうねるところすむところ
よく笑いよく飲みよく寝よく迷う
歯ブラシにだけは本音を打ち明ける

お宝はガラクタ　ガラクタがお宝

他人さまに迷惑かけぬように咲く

楽しいに決まっているさ曲がり角

悩んだら黒澤明まで戻る

ブランコのわたしは志村喬です

馬に乗れなきゃ三船敏郎にはなれぬ

日傘を差せばみんな八千草薫さま

東山千栄子の次は樹木希林

外国で有名ですよサニー千葉(5)

レディー・ファースト教えてくれたジョン・ウェイン
グレゴリー・ペックの拳　正義なり
ジェントルマンならばジェームス・スチュワート

いい俳優みーんな死んじまったなあ

００７《ダブル・オー・セブン》は撃たれても生きる

発音がいいと聞きとれない英語

倒れても倒れても立つスタローン

渡ってはならぬマディソン郡の橋

ブルース・リーとジャッキー・チェンは他人です

今はジェダイ昔は真田十勇士

一宿一飯ぼくは長谷川伸である

わたくしのために開いてる映画館

サタデー・ナイト・フィーバーそんな日もあった

大人への入り口　ピンク映画館

エロ、ピンク、ポルノ　違いはなんだっけ

整形とわかっていてもわーい美女

ふっくらに弱い　くびれにも弱い

名画座はもう死に絶えました地方都市

人前で開けてはならぬ袋閉じ

ラフカディオ・ハーン　ぼくより日本人

年とってからでもウェルテルは悩む

母さんも姉さんもサン＝テグジュペリ

人間椅子そりゃあ無理です乱歩さん

本を読むつもり　つもり　つもり　つも

文豪のその大多数　病気です
早死にの作家の本がよく売れる
独立宣言エレキギターを買いました

ツイスト・アンド・シャウトがぼくの子守り歌

シー・ラヴズ・ユー　本日も片想い

オール・ユー・ニード・イズ・ラヴ世界の共通語

痩せても枯れてもロックンロール男だぜい
エルヴィスは不滅アメリカ滅んでも
唱えましょう極楽浄土、ヘイ・ジュード

大人にはなってくれるなちびまるこ

銀行の窓口にいる上戸彩

八代亜紀流れるぼくの冬景色

ブラックジョーク談志がぼくの中に棲む

プーさんは他人　クマモンなら身内

ハムレットたちがうろつく泌尿器科

ドロシーもアリスも幼なじみです

ディズニーも手塚治虫も見た夜空

映画館出ると大人になった　春

ふにゃりふにゃふにゃデッド・ボールを避けてきた

おしゃべりと無口　どちらかがスパイ

ナレーション付けばまんざらでもない人生

準備体操だけでへたっていますぼく

古傷に触れないようにして触れる

きみは絹わたしは木綿だが仲間

11時半を知らせる腹時計

塩分は大事　減塩もっと大事

オムレツにケチャップ昭和残侠伝

わたくしの天敵であるマヨネーズ

朝は鮭　夜サーモンと名が変わる

居酒屋の奥で沈没船になる

胃に喝を入れるぞジャンク・フード食う

ライスって言わなきゃならぬレストラン

コンビニの惣菜母より母の味

卯の花と呼べばオカラも嬉しそう

素うどんとおいなりさんの深い仲

説教をしたあと焼き肉を奢る

悪いことしていないのに不整脈

血圧を測ると血圧が上がる

音が出るまで押して下さい　動きます

痛い目にあうよ――やっぱりあいました

反省のぽつり　点滴のぽたり

永遠に看護婦さんは看護婦さん

昼は鉛筆夜はグラスをはなさない
へベレケのへべのあたりでやめにする
友情は不滅　紙パックのお酒

7人の敵の4人はがんになる

悪友もぼくも無呼吸症候群

満身創痍これは哲学なのである

気休めと発毛剤に書いてある

親父には親父の権利親父ギャグ

昼はバードウォッチング夜は焼き鳥屋

ぶつけられた豆をつまみに飲んでいる

ちょっとだけちょっとだけよに弱いぼく

5合以上飲むと幽体離脱する

検診セーフも少し生きていいらしい

平凡が好き目立つのも好き　ごめん

添い寝してくれるロボットなら欲しい

なんでこう酒がうまいかねえ　桜

納骨を済ませ雪国春になる

老紳士これからぼくが目指すもの

隅っこが定位置ぼくとカッパ巻き
髪の毛は枯れたがアイディアは枯れぬ
サヨナラを上手に言えたことがない

すぐぽしゃるわりにはすぐに立ち上がる

ぼくはポンコツ　ガラクタじゃありません

お祭りは終わった土に還ります

奴から湯豆腐ぼくの衣替え

箱舟に乗せてはもらえないわたし

つるし柿ひとり息子は帰らない

いずれ行く道　徘徊か逆走か

ドライブもこれでオシマイ霊柩車

浅野より吉良に同情する師走

散るのではないぞ解き放たれるのだ(6)

こんな時あいつがいたらなと思う(7)

おひとりさまの老後　きみなら大丈夫

動かなきゃ時計もぼくも自動巻き

ステテコで暮らすわたしは城主です

一滴、二滴、しあわせの数え方

◈注釈

（1）親戚のことを津軽では「オヤグ」と呼ぶ。元々の意味は親子。その範囲が拡大し、親戚までを含めてそう呼ぶようになったという。つまり、オヤコからの転化（訛って変わった）。因に「友達」は「ケヤグ」。これは「契約」からの転化。どちらも、津軽では、今でもフツーに使われている言葉。
（2）田舎者＝ジャイゴモノ。これは分かりやすい。「在郷者」の転化。
（3）君＝オメ。これも簡単。「お前」の転化、ですね。
（4）僕の住む弘前市は「ねぷた」。一般に有名な青森市の方が「ねぶた」。
（5）サニー千葉は、千葉真一の海外での呼び名。
（6）兄弟のようにつきあっていた静岡の柳人・加藤鰹が、余命3カ月と診断されてから間もなくの平成27年9月21日。「川柳研究社創立85周年記念大会」で、僕がこの句で運よく「川上三太郎賞」をゲット。鰹は「全日本川柳協会賞」をゲット。ツガルとシゾーカの兄弟仁義が、江戸川区タワーホテル船堀にこだました。
（7）平成28年1月25日。鰹は、旅立った。51歳であった。

あとがき

僕は、0歳で、小児がんに罹った。

当時（昭和24年）の医療事情では、手のうちようのない難病（死病）であったろう。事実、弘前大学付属病院から――この子はもう助からないから諦めた方がいい――と、やんわり診察拒否されたと、母が言っていたっけ。

それがまあイロイロあって、運よく――というよりも奇跡的に――生き延びて、この年（68歳）になったのだから、たいしたものでしょう。

悪性腫瘍は、病理学的に「癌」（上皮にできる）と「肉腫」（深いところにできる）との2つに大きく分けられるが、ふつう、癌も肉腫もひっくるめて「がん」

と呼んでいる。発がんのメカニズムを考えれば、長く生きていればいるほど「がん」になりやすいのは容易に想像がつく。

つまり「がん」は、本質的に大人の病気なのだ。実際「小児がん」(15歳以下)は、「がん」全体の1%にも当たらないくらい稀なもの。そして「小児がん」は、癌よりも肉腫が多いのが特徴。小児がんの番付上位には、白血病、脳腫瘍、悪性リンパ腫など。大人のがんが、比較的表面の見えやすいところからおきるのに比べて、小児がんは大方が深いところからはじまるので、それだけに早期発見が難しいのだ。

僕が「がんの子どもを守る会」の存在を知り、すぐさま入会したのは、もう35年ほど前のこと。その頃の数字は、目を覆うばかり。5年生存率が数%だった。

しかし、今や、治癒率が(5年生存率ではなく)70%を越す時代になった。

「お前は運のいい子」と、小さい頃から言われ続けてきたせいか、ずーっと

ずーっと能天気で生きてきた。でも、最近、とみに思うのだ。僕は「ラッキーマン」どころか、ひょっとして「ミラクルマン」かもしれないと・・・

句会や大会で、僕の句を上位に抜けば――なにせミラクルマンですからね――あなたの身にいいことがあるかもしれませんよ。お忘れなく。ハ、ハ、ハ。

二〇一八年二月吉日

高瀬　霜石

●著者略歴

高瀬霜石（たかせ・そうせき）

いわゆる団塊の世代（1949年生まれ）。
36歳の時、高校の先輩に無理矢理川柳に引きずり込まれる。
以来、下手な鉄砲数撃ちゃ当たるで――路郎賞、展望賞、大野風柳賞、杉野十佐一賞、川上三太郎賞などを戴く。

句集「青空」「川柳&エッセイ 青空もうひとつ」「川柳作家全集 高瀬霜石」「高瀬霜石句集 無印笑品」「わたしのスター日記セレクション」

現在、青森県川柳連盟理事長。（一社）全日本川柳協会常任幹事。弘前川柳社顧問。川柳塔社理事。

川柳作家ベストコレクション
高瀬霜石
楽しいに決まっているさ曲がり角
○
2018年 4月 7日 初 版
著 者
高 瀬 霜 石
発行人
松 岡 恭 子
発行所
新 葉 館 出 版
大阪市東成区玉津1丁目9-16 4F 〒537-0023
TEL06-4259-3777㈹ FAX06-4259-3888
https://shinyokan.jp/
○
定価はカバーに表示してあります。

ISBN978-4-86044-695-6